KB121400

님께서 오신 날

<설담원 이야기, 한 수의 시 제 4권>

님께서 오신 날

설담 운성스님 글, 사진

차례

제1부 늦기 전에

제2부 발원

제3부 행복한 사람

제4부 기도하는 삶

제1부

늦기 전에

늦기 전에

오늘 밤도 달은
눈이 부시게 하얀빛을
마당 가득히 쌓아 놓고
미타께서 계시옵는
서방 정토로 길을 떠난다.

마흔 여덟 발원으로
아홉 겹 해맑은
연꽃 세상 세우시어
절절한 바람 따라
차서대로 자리 내리시는

태어남이 없어서
죽음도 없는 세상
일곱 겹 나무 사이
극락새 맑은 노래
구름같이 울리는 세상

하루인들 잊어 지낼까?
일심으로 이름 부르면
'빠짐없이 데려가신다.
반가이 데려가신다.' 하신
그 말씀 어찌 잊어 지낼까?

잠든 사이 데려가소서!
늦은 세월 되기 전에
잊지 말고 데려가소서!
다시는 돌아 아니 오는
영원한 걸음 되게 하소서!

관음님 옆 세우시고
대세지님 곁 데리시고
반야 배 곱게 갖추시어
소리 없이 제게 오셔서
흔적 없이 데려가소서!

다짐

우리에게 십 년 뒤가 있을까?
있다면 어떤 모습이 될까?
따뜻한 주름살에서 인간미 배어나는
정감 깊은 늙은이가 되면 좋겠다.
허수아비처럼 아무 노릇도 못 하며
허리 굽은 늙은이로 죽어 가면 안 된다.
세월만 허비한 채 그냥 늙기만 하여
십 년을 산다면 너무 부끄러울 것이다.
비록 내일을 기약 못 할 오늘이지만
부지런히 하루하루를 살아서
헛살았다는 생각이 들지 않게 해야겠다.
따뜻하신 그대 손길이
내 아픔을 치료해 주고
내 살가운 눈길이
그대 상처를 치료해 주는
서로에게 사랑이 되면 좋겠다.
서로가 서로의 갈 길을 열어주는
값진 이정표가 되면 참 좋겠다.

살아 있다는 것은
무언가를 해야 한다는 것이며
무언가를 할 수 있다는 것이니
존재 가치를 위해 일해야 한다.

발원(보르부드루)

우주 드넓은 세상
어디인들
당신 계시지 않은 곳
있겠습니까마는
유독 이곳 인도네시아
족자카르타 보르부드루는
희망 가득 안고 세워져
이 땅 모든 이를 비추며
정토세상을 꿈꾸며
사람들을 닐바나로 인도하던
가슴 저리는 노을 같으신
감로법문 이슬같이 내리시던
당신께서 계시는 곳입니다.
화엄의 장엄한 법계관을
땅에서 모자람 없이 재현하여
땅이 진리에 하나 됨을
보이신 알뜰한 정성의 탑입니다.

생겨난 것은 없어지기 마련이고
흥했던 것은 쇠하기 마련인
당신께서 설하신 진리
성주괴공의 법을 따라
실재로 그 모습 보이시는
흥망성쇠를 어찌 모르겠습니까?
그러나 흥망성쇠는 언제나
거듭되는 것이거늘
어찌 이 땅의 불법은
되돌아 아니 오시나요?
부디 그 옛날의 장광설
힘찬 기도 소리
엄숙한 예경 소리
다시 되살아나기 바라옵니다.

하루 이틀도 아니고
한 달 두 달도 아닌
몇 년을 벼르고 별러서

간절히 이루어낸 참배가
오로지 일심으로 드리는 발원이
부디 당신께서 계시는
도솔천 내원궁까지 전해지소서!
그 옛날 화엄의 세계
장엄하게 펼쳐졌던 기쁨이
다시 정토세상으로 돌아와
지진도 없고 화산 폭발도 없는
평화의 땅이 되게 하소서!
옛 영화 가슴에 감추시고
지는 해 외롭게 바라보시며
고요에 잠기어 계시옵는
우주의 법신 비로자나시여!
이제는 고요에 계시지만 마시고
사랑의 향기 담뿍 머금은
만달래이 꽃이 되어
사람들 가슴에 피어나소서!
거센 파도를 재우는

만파식적 되시어
저마다의 고통을 씻어주소서!

만 리 길 달려와 백팔배로 엎드린
저희는 지금 이 순간
당신께 하나 되는 기쁨에 젖습니다.
당신 계시는 세상 곳곳이 정토이듯
저희가 가는 곳곳이 정토이기를...
당신과 함께하는 기쁨으로
저희들 나머지 삶이 니르바나이기를
간절히 기도하나이다.
저희의 이번 참배 길이
불은 가득 입은 아무 탈 없는
환희의 순례가 되기를
간절히 기원하나이다.

나무석가모니불 (3번)

이별

우리는 만날 때
이별을 생각지 않은 건
아니지만
이별은 언제나
새로운 슬픔이 되어
마음을 아프게 합니다.
아!
이별 없는 세상
어디 없을까요?
아!
고통 없는 세상
어디 없을까요?
그러나
만남이 이별의 약속이듯
이별이 다시 만나는
약속임을 나는 믿습니다.

오늘의 이별이
영원한 이별이 아니라
다시 만나는 기쁨으로
돌아올 것임을
나는 굳게 믿고 있습니다.

이 뭣고

왜 늙어야 하는가?
왜 병들어야 하는가?
왜 죽어야 하는가?
답을 찾아 헤맨 날이
어디 하루 이틀이던가?
어디 한두 달이던가?
태어났으면 죽지나 말던지
만났으면 헤어지지를 말던지
태어남은 무엇이며?
죽음은 무엇이던가?
수십 삭을 찾아 다녀도
답은 도무지 없었네!
의문은 더 의문이 되어
알지도 못하는 철학이 될 뿐
답은 어디에도 없었다네.

허공 저 끝 어디서
소리 없이 시작되어
아무도 알 수 없는
아득히 이어진 생성 소멸
텅 비어 무엇도 없는
본래 무일물의 적적요요
석가도 아니거늘
어찌 예수가 말하리오
공자는 보따리만 싸고
소크라테스는 약사발만 받았네!
이미 아득하여 말할 수 없으니
한마디 답이 될 수 없어라.

애초에 물음은 부질없어서
꼬리 짧은 소견이 일으킨
세 살 아이들
질문과 대답일 뿐이어라.

억지로 답을 구하지 마라.
답은 애초에 필요 없었다.

지금 당장 여기가
중요하고 또 중요해서
하늘보다 높고 땅보다 크고
신들보다 소중하거늘.
다른 답을 찾아 무엇 하랴?

기쁨

당신께서 곁에 계심이
제게 크나큰 기쁨이듯이
제가 당신 곁에 있음도
큰 기쁨이시면 좋겠습니다.

나무가 땅을 의지해
살아가는 힘을 내듯이
구름이 바람을 만나
가고 싶은 곳을 갈 수 있듯이
서로가 꼭 필요한 존재가 되어
서로에게 의지가 되고
위로가 되면 좋겠습니다.

내가 당신으로 인해
온갖 고난을 이겨내는
용기와 기쁨을 얻듯이
당신께서도 저로 인해
세상을 살아가시는

큰 기쁨을 얻으시면 좋겠습니다.

오늘도 저는
당신이 곁에 계시어
종일이 기쁘고 행복하답니다.

가르치심

바른 생각으로 사는 사람은
악에 물들지 않는다 하셨네!
부지런히 보시하는 사람은
외로움에 빠지지 않는다 하셨네!
이웃을 자비로 보살피는 사람은
불행하게 죽지 않는다 하셨네!
서로를 소중히 여기는
화목한 가정에는
파탄이 오지 않는다 하셨네!
이웃을 사랑하는
덕이 있는 사람에게는
외로움이 오지 않는다 하셨네!
부지런히 공부하여
지혜가 쌓인 사람에게는
어리석은 업보가
따르지 않는다고 말씀하셨다네!

가르치심 부지런히 실천한
영혼이 맑아진 사람은
결코 악업을 받지 않으리니
살아서는 평안을 누리게 되고
내생에는 반듯이 니르바나 기쁨을 누리리...

공양

봄이 떠나는
여름이 오는
이슬 머금은
적조한 오후
마당 끝에서
붉게 익어 있는
시고 달콤한
산딸기 한 웅큼
보시는 이들께
공양드립니다.
봄을 보내듯
여름을 맞듯
달콤 새콤한
맛을 누리소서!

다리가 되리…

나 그대에게
여울을 건너고 험로를 넘는
든든한 다리가 되어 드리리…
비 오는 날 물에 빠지지 않고
바람 부는 날 몸 흔들리지 않고
편안히 건너는 다리가 되어 드리리…
세상 하고 많은 일을
피하며 살 수는 없으리니
그때마다 저를 밟고 지나가소서!
당신 가시는 길에
어떤 난관도 이겨나갈
든든한 다리가 되어 드리리이다.

다행

지난밤이
아무 탈 없이
지나갔으면
그것으로 다행이지요.

오늘 아침이
맑은 햇살로 시작되었으면
그것으로 다행이지요.

점심을 그리 큰
걱정거리 없이
지날 수 있다면
그보다 더한 다행은 없습니다.

구수한 된장 한 그릇이
뜨겁게 놓여있는 밥상이
오늘 저녁 나를 기다린다면
이보다 더한 행복은 없을 것입니다.

당신의 마음이
오늘을 그렇게
소박한 기쁨으로 맞이한다면
내일도 모래도
더 없는 기쁨이 기다릴 것입니다.

쉼

길고 멀리 걸었던 걸음
이젠 그만 그치고 싶다.
다시는 돌아오지 않는
길 끝을 가고 싶다.

걸어도 걸어도
끝이 나지 않는
고되고 힘에 겨운 걸음을
이젠 그만 그치고 싶다.
영원한 안식의 그 곳에
무거운 짐을 내리고 싶다.

내 어머니 이미 오래 전에
그 곳에 짐을 푸시었고
내 스승 석가님이
자리 일찍이 잡으셨던 곳
다시는 삶의 고뇌가
몸을 휘감지 않는 곳

그 곳에다 나도 짐을 풀고 싶다.
가서 내 아버지 얼굴
어찌 변하시었는지
어루만져 확인하고 싶다.

귀 아프고 눈 시린
고되고 힘에 겨운 걸음을
내 아버지 품에서 가만히 쉬고 싶다.

말씀

거짓말을 많이 하는 사람은
그의 입 안에 독사가 있게 되고

악담 욕설을 많이 하는 사람은
그의 입에 칼이 있게 되고

분노를 참지 못하는 사람은
그의 몸이 불꽃같이 타오른다.

입 속의 독은 말로 만들어지고
몸 속의 독은 분노로 만들어지고
마음속 독은 무지로 만들어진다.

입 속의 독은 지옥을 만들고
몸 속의 독은 질병을 만들고
마음속 독은 악한 과보를 만든다.

내 잘못이다.

방송이 저들을 고발하고
사회가 손가락질함을
저들만의 잘못이라 하고
어찌 홀로 가만히만 있겠는가?
승가여!
가난을 사랑하지 않은 것이
허물 중에
큰 허물임을 알아야 하네!
가지 않아야 할 곳
보지 않아야 할 것
가리지 않은 것이
허물 중에 큰 허물임을 알아야 하네!
한두 방울 물로
바다가 흐려지지 않듯
승단 모두가
계율을 등한하고
빈궁을 사랑치 않음에서
비롯한 동업 업보임을

먼저 부끄러워하여야 하리...
저를 탓하기 전에
내 모자람을 부끄러워하며
먼저 무릎 꿇어 참회해야 하리...
저들을 나무라기 전에
먼저 손발이 저리도록
불전에 참회해야 하리...
성인이 이르시기를
맑은 중 없는 절은
도둑 소굴과 같다 하셨나니!
저들은 흐리다 탓하며
나는 잘못이 없다고
홀로 아닌 척하는
독선이 흉중의 흉이거늘
어찌 홀로 청정한 척하고
가만히 숨어만 지내겠는가?
스스로 뉘우침 없는 말이
무슨 설득력이 있겠는가?

비단길

지금은 먼 길 떠나기에
아주아주 좋은 때다.
장마가 나무를 적셔
잎새마다 윤기가 나고
억새들 춤사위
이제 막 시작되어
먼 길 가기에 알맞은 때다.

덥지도 춥지도 않아서
오래 걸어도 좋으리라.
숲길 가득 친구들 있어
가기에 겨웁지 않으리라.

머물다 떠난 자리는
바람같이 구름같이
아무 흔적도 남지 않은
텅 빈 허공만 남으리라.

와도 온 것 하나 없고
가도 간 것 하나 없는
본래 한 물건 없었음의
제 자리로 돌아감일세라.

흙 한 줌 바람에 날다가
이슬 도타이 내리는 날
한 발 움직임도 없었던
잦아진 바람 되었음이리.

짊어진 짐이 하도 무거워
오늘도 종일을 가슴이 뛴다.
가쁜 숨 몰아쉬며
고개 채어 넘는 걸음을
이젠 편히 쉬고 싶다.

오늘도 좋고 내일도 좋다.
모레도 좋고 열흘 후도 좋다.
한 달 뒤라도 괜찮고
일 년 뒤라도 괜찮다.

하루라도 빠르면 좋지만
내년 시월이 가기 전에
어김없이 오기만 바란다.
머묾이 이미 바람이듯이
떠남도 한 줌 바람이기를...

제2부

발원

지장행자 발원

크신 원력 우주를 덮고
넓으신 덕행 사바를 두루 하여
발길 미치지 않는 곳 없으시고
손길 닿지 않은 중생 없으시어라.
고해 곳곳을 다니시며,
지옥문을 눈물로 돌으시며,
구하시고, 건지시고, 이끄시는
자비의 손길 멈추지 않으시네!
당신 헐벗음 잊으시고
당신 배고픔 외면하시며
오로지 중생 위한 일념뿐이시어라.
때로는 새벽 저잣거리에서
더러는 궁벽한 산중에서
어느 때는 거센 파도 속에서
필요에 응해 손길 펴시는
대원본존 거룩하신 지장보살님이시여!
당신의 그 크신 원력
만분의 일이라도 닮고자

오늘도 곤한 몸 돌보지 아니하고
새벽을 열어 저들 곁으로 가나이다.
목마른 이에게는 감로 되게 하소서!
아픈 이에게는 약이 되게 하소서!
주린 이에게는 공양 되게 하소서!
고해 벗어나는 인도자 되게 하소서!
사생 육도가 부처 이루어
열반을 누리는 날까지
함께하고 더불어 나누는
이 행원 끝내 멈추지 않으오리다.
나무지장보살

관음행자 발원

천 눈으로 두루 살피시고
천 손으로 낱낱 건지시는
흰옷 곱게 입으신 관음보살님!
당신께서는 말씀 없이 법문 설하시고
남순동자는 듣지 않으며 법문 들으시는
높으신 덕을 보이십니다.
미간의 옥호광 한번 비추시면
번뇌 마음 다 사라지고
감로병의 법수향 한번 뿌리시면
모든 액난이 없어지오니
붉은 연잎 하나 바다에 던져
푸른 파도를 단숨에 건너시어
이름 부르는 중생에게
언제라도 달려가시는
구고 구난의 자비를
오늘 저희에게 응현하소서!
당신께서 머무시는 보타산은
언제나 버들 푸르게 나부끼고

대나무 싱그럽게 스삭이는 봄이지만
저희가 머무는 이 세상은
늘 번뇌와 아만과 질투가 번득이는
비로자나 열세 번째 화장세계 고해입니다.
자비로우신 관세음보살님!
당신께서는
고해에 허덕이는 중생을 건지고자
아승지겁의 수행을 닦으셨고
십지를 원만히 하시어
스스로 구고 구난의 대성자모가 되셨나이다.
지혜의 날카로운 칼로
어리석은 중생들 번뇌를 자르시옵소서!
자비의 감로 법수향으로
고통 받는 중생들 병을 치료하여 주소서!
다생에 쌓으신 줄지 않는 공덕으로
굶주림에 허덕이는 중생을 구원하소서!
당신께서 만약
천 손 천 눈의 자비를 아낌없이

지금 이 세상 중생들에게 주신다면
서로 돕고. 서로 용서하고
서로 칭찬하며 화목하게 지내는
극락이 이곳에서 이루어질 것입니다.
사생 육도가 부처 이루어
열반을 누리는 날까지
함께하고 더불어 나누는
이 행원 끝내 멈추지 않으오리다.
나무관세음보살

구월

가을이 무르익는 길을
하염없이 걸어서 다녀왔습니다.
한나절이 다 가도록
무작정 걸어서 다녀왔습니다.
할미꽃 극성으로 피더니
매발톱 뒤를 잇더니
금랑화 자태 뽐내더니
연이어 연이어 다른 꽃들도
향기로 채색으로 피어나는
바로 그 꽃길이랍니다.
쪽동백 하얗게 떨어진
새벽 이슬길을 걸으면
발 딛기가 어려워서
더듬더듬 가기도 했지요.
떼죽꽃 코를 찌르는
매운 향기를 더듬어
용연 물보라를 돌아내리면
식적가가 들리기도 했지요.

송이송이 밤이 익어가는
철따라 제 모습 선명한
그 길을 걸어서 걸어서
후줄근 땀에 절은 몸
임간수로 씻고
된장 내음 구수한
초암으로 돌아들면
더는 기로울 것 없는
미타께서 머무시는 굴

미타행자 발원문

크신 광명 우주를 덮으시고
크신 수명 비로자나를 이으시어
아미타바 화현 자비 펴시는
극락교주이신 무량수여래시여!

법장비구 인행으로
마흔여덟 서원 이루시어
영혼이 맑은 자비 중생들
서로 보살피며 사는 정다운 세상
극락정토를 만드신
고해 중생 건지시는 아미타여래시여!

출생의 고통이 없어서
죽음이 없는 정토세상.
미움과 질투가 없어서
이별도 원한도 없는 극락.
그 곳에 어서 가지기를 소망하나이다.

누구라도 임종시에 일념으로
당신 이름 열 번 부르면
곧바로 그에게 달려가
이별 없고 배고픔 없고
늙음 없고 병듦이 없는
그 곳으로 이끄신다 하셨나이다.

나무아미타불 일념으로 불러
몸으로 지은 허물 맑히나이다.
나무아미타불 일념으로 불러
입으로 지은 죄업 맑히나이다.
나무아미타불 일념으로 불러
뜻으로 지은 업보 맑히나이다.

천 눈으로 살피소서!
천 귀로 들으소서!
어느 하루도 거르지 않고
아미타로 날을 열고
오직 한 생각 아미타로
잠이 드는 중생 있음을 살피소서!

인로왕님 앞세우시고
관음세지 함께하시고
반야선 살같이 저으시어
어서 제게 오소서!
당신께서 계시는 극락에 데려가
단숨에 니르바나 이루게 하소서!

아미타 거룩하신 인도로
세상 모든 중생이
누겁의 업보를 벗고
청정한 영혼 이루게 하소서!
다시는
삼악도에 떨어지지 않는
지혜복덕의 정각을 이루게 하소서!
나무아미타불
나무아미타불
나무아미타불

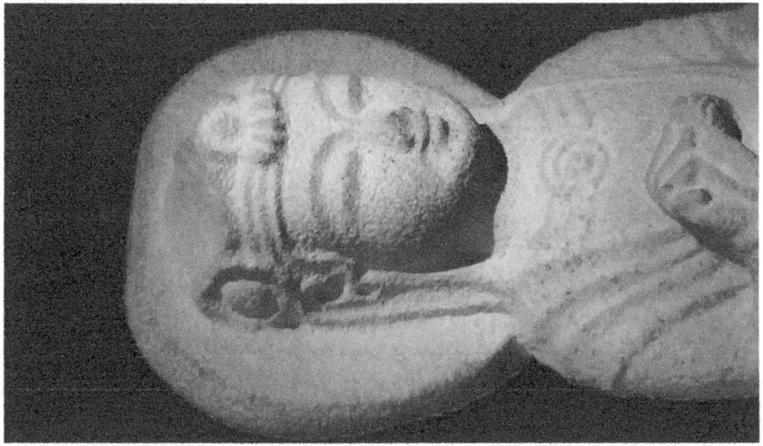

051 발원

지나간다

더러는 외롭고
더러는 아프고
더러는 고통스럽고
그러나 즐겁기도 하고
기쁘기도 하고
행복하기도 한 것이
우리네 인생입니다.
고통을 견디지 않고는
기쁨을 얻을 수 없습니다.
힘든 날을 지나지 않고는
즐거움을 만날 수 없습니다.
인생의 길에는
수많은 과정들이
차곡차곡 지나갑니다.
멈추지 않고
시간이 지나가듯
모든 일들도
결국은 지나갑니다.

뒷날을 돌아보면
오히려 힘든 날이
알뜰한 추억이 됩니다.

온 곳 갈 곳

온 곳을 살펴보니
온 곳이 없네!
갈 곳을 살펴보니
갈 곳이 없네!

머무는 곳을
가만히 살펴보니

지금 여기가
내 온 곳이며
지금 여기가
내 갈 곳이네!

본래 가지도 않고
오지도 않고
머물지도 않아서

이르시기를
"온 바 없이 와서
간 바 없이 간다." 하셨네!

또 이르시기를
"해는 서산에 지고
달은 동쪽에 뜬다." 하셨네!

꽃만 꽃이랴?

꽃만 꽃이 아니다.
꽃다운 것은 다 꽃이다.
어느 가을 아침
바닷가의 반짝이는 물비늘도
틀림없는 꽃이다.
노을진 나무 아래
먼 침묵에 잠겨있는 나그네도
어김없는 꽃이다.
함월산 굽이진 가을 길에
눈이 저리게 피어 있는
구절초 쑥부쟁이만 꽃이 아니다.
저마다 혼신으로 꽃피운
엄숙한 생명은 모두 꽃이다.
꽃을 꽃으로 볼 수 있는
새하얀 눈을 가진 이는
세상을 다 꽃으로 보아
살가운 꽃 속에 살게 되리라.

057 발원

10월 20일

열흘이 넘도록
내 다니는 길에
하얀 얼굴 내밀어
해맑은 웃음 주던
고웁디 고운
한 송이 순백의 꽃이
오늘은 잎이 마른다.
내일은 마른 잎조차
낙화되어 바람에 지겠지.
너를 다시 못 보면
그날은 무슨 낙으로
이 길을 다시 오르나?
꽃이야 진다 해도
내년에 다시 필 것을
네 다시 꽃 되어
돌아오는 그날까지
내가 이 길을 올 수 있을까?

만약에 그날까지
여전히 올 수 있다면
시월 스무날은
꼭 기억하여 있다가
잊지 않고 와야겠다.
너를 만나러 꼭 와야겠다.

할배 나한님

아무 바라는 것 없고
아무 불평 없으시는
온갖 번뇌 다 벗으신
천진난만뿐인 얼굴
그 따습고 정겨운 얼굴
어디에 미움 둘 곳 있어
차마 어찌 유생들은
잔악한 손길을 휘둘렀을꼬?
목 부러지고 허리 꺾이고
눈알 패이고 다리 잘린 채
춘천 어느 산 아래
불질러 허물어진 창녕사
나한전 잿더미 지붕을
고행으로 뒤집어쓰고
몇백 년을 지내셨어라.
그 아프고 쓰린 통한의 날을
차마 어찌 견디셨을꼬?

그리 아프고 쓰린
긴 세월을 어찌 이기셨을꼬?
그 아프고 쓰린
통한의 세월을 지내시고도
한 웃음 잃지 않으시고
천진심 놓지 않으시고
담담무애 아란행자 그대로이신
오백성자 전에 오체 바치나이다.
지심으로 귀명례하나이다.

석불님

동지섣달 찬바람이
드세게 몰아치는 날
옷 단단히 여미어 입고
말씀 없이 계시는 님
뵈오러 길을 나선다.
볼은 시려서 붉고
손은 시려서 저리다.
산조차 가파르고 높아
나이 먹어 시든 몸이
한없이 한없이 부대낀다.
하필 님 뵈러 가는 날에
바람 매몰차게 불고
냉기 비수로 파고들어
걸음 내기를 어렵게 하나?
그러나 어떤 곤란도
내 가는 길 막을 수 없으리...
님 뵈려는 내 일편심
끝내 꺾지는 못하리....

허리 휘어지고
다리 굳어져
더는 절할 수도
걸을 수도 없는 날까지
가던 길 가고야 말리.
가서 말씀 없으신 미소
가까이 뵙는 환희를 얻으리...

그대와 나

우리는 모두
둘이면서 하나랍니다.
하나이면서 둘이기도 하지요.
당신 안에 내가 있고
내 안에 당신이 계시어
서로 함께 존재한답니다.
세상에 만약
하늘만 있고 땅이 없다면
얼마나 허망하겠습니까?
땅에 만약 산만 있고
바다가 없다면
얼마나 메마르겠습니까?
하늘과 땅이 조화하듯
산과 바다가 어우르듯
그렇게 우리도 서로
하나이면서 둘이고
둘이면서 하나가 되어야 합니다.

나 없는 그대 없고
그대 없는 나 없으므로
나는 곧 그대며
그대는 곧 나인 셈이지요
세존이 이르시길
「세상 모든 것은
하나도 아니고 둘도 아니다.
둘이면서 하나며
하나이면서 둘이라」 하셨습니다.
산과 바다가 서로를 위해
바람 비를 주고받듯이
하늘과 땅이 서로를 위해
햇빛 되고 구름 되듯
우리도 서로를 위해
기쁨이 되고 힘이 되는
믿음의 의지처가 되어야 합니다.

무너짐

자꾸 잊어버린다.
연필 들 때 생각이
글을 쓰려는데
도무지 기억나지 않는다.
무언가 가지러 가다가
문득 또 잊어버렸다.
서서 한참을 생각해도
기억이 돌아오지 않는다.
다시 그 자리로 돌아가
한참을 서성이면
겨우 생각나기도 한다.
무슨 말을 하다가
앞 이야기를 잊어버려
다음 말을 잇지도 못한다.
잊음은 나날이 더해져
어제보다 오늘이 더하고
저달보다 이달이 더하고
지난해보다 올해가 더하다.

삶은 이렇게 하나하나
허물어져 가는 것인가?
야금야금 조금씩 매일
무너져 내리는 것인가?
하나하나 무너지는 삶을
바라보는 가슴이 더 무너진다.
차라리 한꺼번에
소리 없이 소멸되면
얼마나 장엄하고 좋을까?

정다우신 분들

어제
다시 다녀왔다.
또 뵙고 싶어서
무조건 갔었다.
다시 뵈어도
처음 감동 그대로였다.
팔백 년을 늘 그대로셨을 모습
천년 뒤에도 그대로시길
간절히 빌어본다.
석가님과 우리 사이에서
다리가 되시는 분들이다.
그래서 얼굴들이
할배 할매 어머니 아버지
아주머니 아저씨
노스님 누님이시다.
정겹고 살가우신 모습
자꾸 뵙고 싶다.
죽을 때까지 늘 뵙고 싶다.

069 발원

왕생 정토주

이름만 들어도
가슴이 설레는
당신께서 계시는 곳입니다.
부르는 소리만으로도
그리움이 사무치는
당신의 모습이십니다.
새벽 예불 드리고
고요히 앉아
매일 세 번을 외웁니다.
붓다께서 이르신 말씀임을
의심 없이 믿으며 외웁니다.
불설왕생 정토주
나무아미 타바야 다타가타야
다지야타 아미리 도바베 아미리다
싯담바베 아미리다 비가란제 아미리다
비가란다 가미니 가가나 기타가래 사바하.
이제 더는 미루지 마시옵소서!
하루라도 빨리 거두시옵소서!

삼십 년이 넘도록
하루도 거르지 않고
일념으로 드린 소망의
그 구월이 지나고 있습니다.

꽃보다 고우신 분

꽃이 아무리 곱다 한들
어찌 당신의 고움에
비할 수 있으리이까?
달이 아무리 밝다 한들
어찌 당신 밝음에
비할 수 있으리이까?
바람이 아무리 시원타 한들
어찌 당신의 상쾌함에
비할 수 있으리이까?

당신의 따스한 웃음은
봄보다 반가우십니다.
당신의 정겨운 얼굴은
꽃보다 어여쁘십니다.
당신의 살가운 손길은
세상 제일의 온유이십니다.

내일도 모래도
한 달 뒤에도
일 년 뒤에도
언제까지나 언제까지나
변함없이 곁에 계시어
살가우신 분이 되어주시어요.
그리운 님이 되어주시어요.

어머니의 동지

우리 어머니
동짓날 아침은
바쁘시고 고우셨다.
아직도 캄캄한 새벽을
찬물로 얼굴 씻으시고
가르마 곱게 타시고
풀 옷 날 세워 입으시고
붉은 팥죽 손에 드시어
삽짝에 먼저 뿌리시고
장꽝에도 뿌리시고
동서사방 다 뿌리시며
일쇄동방 결도량
이쇄남방 득청량
삼쇄서방 구정토
도량청정 무하례 하시었다.
찬물 한 그릇 올리고
향 한 가치 피워 둔
장꽝에 합장으로 앉으시어

그 해가 잘 떠나길 비셨다.
오는 해에 내내 아이들이
건강하길 빌었다.
날마다 집안이 편안하길
간절히 기도하셨다.
우리 어머니
동짓날 새벽은
바쁘시고 고우셨다.
범접 못 할 정성이셨다.

제3부

행복한 사람

행복한 사람

환절기가 되면
어김없이 안부를 물어주는
정다운 이가 있는 이는
행복한 사람입니다.

꽃이 피면 잊지 않고
소식 전해오는
살가운 이가 있는 이는
행복한 사람입니다.

낙엽이 지고
기러기 나는
가을이 오면
함께 손잡고 길을 나설
정다운 이가 있는 이는
행복한 사람입니다.

잠자리에 들 때에도
아침에 일어나서도
가을이 와도
꽃이 피어도
생각나는 아무도 없는 이는
불행한 사람입니다.

내가 먼저
때때로 그를 챙기면
그도 나를 때때로 챙긴다는 걸
잊지 말아야 합니다.

기우

밤새워 모진 바람 불기에
매화 가지가 잘릴까
꽃잎이 떨어질까
내도록 걱정했더니
새벽 예불 드리고
바쁘게 돌아보니
매화 가지도 그대로고
매화 꽃잎도 그대로다.
다른 식생도 그대로 있다.

아! 다행이다.

긴 한숨이
입술을 비집고 터져
산허리 감아 오르는
물안개에 젖어 날아간다.

따신 차 한 잔 끓여 마시며
앞산을 넘어오는
한줄기 봄을 바라보면서
도무지 쓸데없는 걱정에
밤이 길었다는 생각이 든다.

'마당 꺼지는데
솔뿌리 걱정한다.'더니
일상사 우리 걱정이
대부분 안 해도 될 것들인 듯.

손님맞이

꽃향기 그윽한
이른 봄 한나절
멀리서 벗 온다는
반가운 소식 있어
마당 쓸고
대문 활짝 열어
손님맞이 준비를 한다.
작은 꽃병에
매화도 서너 송이
꽂아 놓으니
봄맞이 손님맞이가
아무 부족함이 없네!

거룩한 발걸음

우리가 매일
정진하는 것은
올바른 길로 삶을
이끌기 위한 훈련이다.

우리가 매일
가르치심을 익히는 것은
끊임없이 지혜를 가꾸고
키우기 위한 노력이다.

게으름에 빠지지 않게
돌아보고 돌아보며
나를 길들여가는
하루하루의 서원이다.

악에 물들지 않고
선으로 나가기 위한
순간순간의 닦음이며

자기반성의 성찰이다.

놓아두면 한없이 게으르고
욕심에 빠져들어 망가지는
나를 바로잡아 나가는
바른 삶을 위한 실천이다.

청정한 깨달음에 도달해
온갖 괴로움을 벗어나는
우리 스승님 따라가는
거룩한 발걸음이다.

버들강아지

삼월삼짇날은 아직도 멀어
이제 겨우 경칩인데
개구리 우는 개울가에
잔털 뽀송뽀송 돋은
버들강아지가 벌써 피어나
회색으로 봄을 꾸민다.
내 고향 마을
전라산 아래 개울에도
지금쯤 버들강아지
저렇게 피어나서
동네 아이들을 부를까?
내 아버지도 그렇게
삼월이 오면
그 개울가를 뛰놀며
버들강아지 따서
허기진 배를 채우셨으리...
내 할아버지도 그렇게
삼월이 오면

그 개울가를 노닐며
버들강아지로 배를 채워
허기를 피하셨으리...
회색 보드라운 잔털
강아지 꼬리같이
귀엽게 돋아서
버들강아지라 이름했으리.
공해로 숨 막히는
올봄에도 어김없이
내 뜨락을 찾아주는
고마운 어린 날의 친구여!

봄 사람

당신의 뜨락에도
연두색 산빛이
눈이 부시게 아름다운
새봄이 열리고 있나요?

진달래 진 자리
연분홍 연달래 피어
이른 포행길을
설레게 하지는 않나요?

제 순서를 따라
차곡차곡 피고 지는
꽃들이 어김없이 반겨주는
그 길을 따라
오늘도 거르지 않고
길을 나서시어
길섶을 하얗게 반기는
영접을 받아보셨나요?

나는 오늘도 어제처럼
연이어 꽃이 피고 지는
연두색 봄 길을
꽃잎 흐드러진 길을
한없이 한없이 걸어
봄 사람이 되었답니다.

님께서 오신 날

삭발로 머리 다듬고
목욕으로 몸 맑히고
손톱 발톱도 자르고
차곡차곡 다려두었던
풀 옷 곱게 차려입고
장복 계곡 맑게 솟는
임간수를 길어다
청정 감로다로 올려서
님께서 오신 날 새벽을
예불 드려 열으리라.

살뜰하게 마련한
한 가닥 침향
무릎 꿇어 사루어
하늘 가득 향운계 지어
님께서 오신 거룩하신
사월 초여드레 새벽을
예불로 열으리라.

한 잎 한 잎 연잎을
손끝이 멍이 들도록
물들이고 주름 접어 만든
꽃같이 어여쁜 등
달같이 화안한 등
여러 달을 애써 만든
제 솜씨껏 만든
다섯 빛깔 등을
오시는 길에 달으리라.
어둠 밝혀 달으리라.

이천 육백여 년 전
그날같이 다시 오시길
중생들 곁으로 다시 오시길
오직 일심으로 빌어
길을 밝혀 등을 달으리라.

서로를 사랑하고
서로를 용서하고
함께하는 기쁨으로
행복을 만들어가는
깨알 같은 소망 담은
이름표를 걸어서
님께 보여드리리라.

세상의 평화를 기도하리라.
남북의 화해를 기도하리라.
모든 이들 행복을 기도하리라.

봄 한나절

날은 맑고
하늘은 푸르다.

산천을 덮은 봄빛은
솜씨 좋은 여인들
손끝으로 빚어낸
연록색 바탕의
수제 카펫 같은
꽃무늬 그림이다.
유채가 눈부시고
연달래가 신비롭고
산벚이 청초하다.

초록 가지 끝으로
피어오르는 아지랑이도
따사롭기 그지없다.

가을에 이르도록
쉼 없이 피고 지는
아름드리 숲에 안겨
앞산 마주하여
일없이 지내는
초암의 하루하루가
기로울 아무것 없는
가난 속의 풍요다.

다시 오시옵소서!

사월의 룸비니 동산은
꽃비가 하늘 덮어 내리고
봄빛이 한없이 따사롭고
히말라야 산빛은 해맑았습니다.
로히니 강물은 고요로웠습니다.

무우수 가지 아래
마야님 걸음 멈추시니
오른 옆구리 열으시어
세존께서는 세상에 오시었습니다.

일곱 걸음 사방 걸으시며
천지를 울려 외치신
"하늘 위 하늘 아래
나 홀로 높아서
저마다 하늘이어라.
저마다 가장 존귀하여라."

사람이 하늘 되고
사람이 부처 되는
아무도 알지 못하던
아무도 말 못하던 말
말을 뛰어넘는 말씀
비로소 온전한 자유가
이 말씀으로 열렸습니다.

아홉 용 용연은
보리수 그림자로 선연하고
아쇼카 석주는
두 천년을 넘어 분명합니다.

손에 손에 오색 연등 밝히고
거룩하신 오심 칭찬례 드려
우리 사는 이 세상이
마음 맑은 선남 선녀들
비로 법신에 하나 되는
적멸정토 되기를 기도합니다.

다툼은 영원히 사라지고
증오와 질투도 없어져서
진보도 보수도 한마음 되고
어른 아이도 한 동아리 되는
당신께서 다시 오시는
불국토 이루어지기를 기도하나이다.

남북도 서로 사이좋게 지내고
지구촌 동서도 서로 화합하여
나라 간에도 경쟁이 사라져서
아픈 이를 알뜰히 돌보고
배고픈 이를 살갑게 보살피는
영원한 평화 세상 이루어지기를
간절히 기도하나이다.

당신께서 다시 오시는
불국토 부디 이루어지게 하소서!

大雄殿

돌이 부처 되시어

천년을 한결같이
화두로 앉으시어
어제가 오늘이고
오늘이 내일이시어
추위를 견디시고
더위를 이기시며
비바람에도 눈보라에도
미동치 않으시는
돌이 부처 되시고
부처가 돌이 되신
뵈올 때마다
따신 얼굴로 맞으시는
영산의 존자님들이
오늘 우리에게 오셨네!
수백 년을 땅속에 숨어
숨죽여 지내시더니
때를 따라 응하시듯
기적으로 몸 들내셨네!

온갖 고초 다 이기신
넉넉하신 할매 되시고
세상일 다 초월하신
따뜻하신 할매 되시고
말없이 기다리는
탈속의 노스님 되시어
우리 곁으로 오셨네!

야생의 꽃들

이름 사나운 '며느리 밑 씻개'
앙징한 두 잎새의 '달개비'
봄나물 대표 '취나물꽃'
뜨거운 칠월의 꽃 '칡꽃'
멋진 향기의 '황금 달맞이'
봄부터 피는 '아기똥풀'

셀 수 없이 많은 꽃들이
내 집 앞 뜨락에서
내 다니는 산길에서
봄에서 가을까지
피고 지고 피고 진다.

이름 아는 꽃들
이름 모르는 꽃들
모양도 가지가지인
야생의 꽃들이
저마다 자태를 뽐내어
피고지고 피고 진다.

바람 모질게 불어도
뙤약볕 뜨겁게 내려도
발길에 수없이 밟혀도
저마다 자존을 지키며
보랏빛 손사래로 피어난다.
비할 데 없이 어여삐 핀다.

출가자

머리를 만져 본다.
내가 출가인임을
늘 마음에 새기기 위해서다.

무명초를 자름은
무명을 만드는 일을
하지 않기 위해서다.
단정하고 맑은 정신으로
오롯이 수행에 진력하기 위해
돈 들고 시간 낭비하는 일을
애초에 없애려고 머리털을 자른다.

옷을 가끔 만져 본다.
떨어진 옷 거친 음식을
오히려 고맙게 여겨야 하는
출가 정신을 새기기 위해서다.

재색 옷을 입음은
옷으로 인한 형상에
마음 팔리지 않기 위해서며
옷으로 인한 낭비를
막기 위해서이다.

내 크신 스승께서 이르시길
옷이 가난한 것은
부끄러운 것이 아니다.
마음이 가난한 것이
오히려 부끄러운 것이다

작은 집에 사는 것은
불편한 것이 아니다.
출가인이 큰 집에 사는 것이
오히려 불편한 것이다. 하셨다.

예불

오늘 새벽도 어김없이
촛불 두 자루
향 한 가치
다기 한 그릇
정성으로 올려놓고
지극한 정례 드려
석가님께. 아미타께
관세음. 지장. 문수께
영산 회중께. 해동 선사께
두루 칠정례 드린다.
세상 모든 이들이
이 공덕의 배에 올라
함께 미타찰에 들어
안양을 누리게 하소서!
바람은 고르게 불고
비는 부드럽게 내려
나라가 편안하고
남북이 평화롭게 하소서!

마하반야 바라밀다
더없이 지혜로우신 말씀
무엇을 보고 듣고
생각하고 기억하는 것이
모두 허망한 것임을
확실히 깨달아 알게 하소서!
여래의 진공 묘유에
깊이 들어가서
죽음도 태어남도 없는
니르바나를 얻어서
모든 괴로움에서 벗어나게 하소서!

고요히 가부좌로 앉아
죽비 삼성 울리는
텅텅 비어진 적멸의 기쁨.

제4부

기도하는 삶

기도하는 삶

우리가 매일
기도하는 것은
매일 매일에
희망을 잃지 않기 위서지요
우리의 삶이
비겁하지 않기 위해서지요
우리의 삶을
올바르게 가꾸기 위해서지요

헛된 꿈에서 벗어나서
악한 생각에서 벗어나서
마음을 바르게 하고
생각을 바르게 하여
삶을 지혜롭게 하기 위해서입니다.

말을 자비롭게 하여
격려와 희망을 주고
지혜로운 깨우침으로
길잡이가 되기 위해서입니다.

살아 있으므로 살아가지만
살아 있는 순간순간이
헛되지 않게 하기 위해
하루하루를 기도한답니다.

하루를 기도하면
하루가 헛되지 않을 것입니다.
하루가 기도로 시작되면
하루를 보람 있게 지내게 됩니다.

인생길

당신이 지나가시는 길에
휴지 하나라도 치워지고
넘어지는 이를 부축하고
아픈 이를 치료해 주시고
외로운 이를 위로해 주면

그 길은 당신으로 해서
아름다운 길이 될 것입니다.
당신의 삶도 또한
아름다워질 것입니다.

세상의 고통이 없어지면
당신의 고통도 없어짐을
확실히 믿으며 나아가야 합니다.

하루하루의 노력은
우리의 삶을 그렇게
향기로 가득하게 하는
기쁨과 축복의 길이 될 것입니다.

희망 나무

우리가 기도하는 것은
우리의 희망 나무에
거름을 주고 물을 주는
하루하루의 노력입니다.
희망은 순간순간의
목표를 알게 하고
뜻을 세우게 하는
행복과 기쁨 나무입니다.
우리가 세상에 존재하는 한
늙거나 젊거나 간에
절대 한순간도
희망을 놓쳐선 안 되듯이.
매일을 간절한 희망의 기도를
잊어선 안 됩니다.
기도로 시작하는 아침은
해맑은 기운이 충만한
가슴 든든한 아침이 됩니다.
기도는 우리를

희망으로 인도하고
자신감으로 인도하는
아름다운 노력입니다.
당신이 만약
기도를 잃으면
삶이 희망을 잃고
의미 없게 됩니다.
기도는 우리를
희망의 길로 인도하는
확실한 길잡이입니다.

임 마중

동쪽 산등성 뒤로 곱게 드리운
일곱 빛 무지개를 걷어서
오르는 계단을 만들고
파란 하늘 아래 하얗게 드리운
구름을 베어다
눈부신 울타리를 만들고
밤하늘을 흠뻑 반짝이는 별을 따다가
마당 가득 꽃밭을 만들어
당신 오시는 뜨락을
정답게 꾸미렵니다.
보름밤 밝게 뜬 달을 쪼개서
동쪽 창을 만들고
밤사이 내린 이슬을 받아
따슨 차를 달여서
아침 햇살 밀치고 오신
당신께 드리고 싶습니다.
머나먼 서방까지 가서
가릉빈가를 불러다

천상 노래를 부르게 하여
당신 오심을 반기고 싶습니다.
무엇으로도 채워지지 않는
허기진 가슴을
오직 깊으신 속내로 어루만져
낫게 하시는
내 정 깊으신 임을
버선발로 내달아 맞아서
내 꿈의 집으로 모시렵니다.

삶의 근본

빌어도 빌어도
이루어지지 않는 게 있음을
빌어본 이는 알 것이다.
빌어서 하루가 가고,
빌어서 이틀이 가고
그렇게 한 달이 지나고
그렇게 몇 년이 지났다.
그래도 바람은 이루어지지 않았다.
절벽을 대하듯 막막하고 까마득하다.
간혹 가혹한 절망감에
더는 빌지 않으리라 다지지만
그래도 그 끈을 놓지 못하여
어느덧 그 자리에 다시 서서
손 모두어 빌고 있는 나를 발견한다.

그렇다.
희망의 끈을 놓지 않고
줄기차게 희망의 삶을 위해
빌어서 빌어서 나아가는
그것이야말로
내 삶의 기둥이며
내가 살아가는 근본이다.

어쩌란 말인가?

극성으로 우는 매미들
울음 사이로 가을이 온다.
장마 틈을 비집고 뜬
햇빛 아래로 칡꽃이 진다.
매년 거르지 않고 오는
태풍 소식이 매우 따갑다.
삼백육십 날을 돌아서
어느새 구월이 곁에 왔다.
앞집 노승은 아직도
지난해의 낙매로
아기 걸음을 걷고 있는데
친구는 걱정 줄에서
잠시 벗어나는가 했다가
다시 시름에 젖고 있는데
산처럼 쌓인 문제를
다 어찌하라고 그리 훌쩍
가을이 온단 말인가?

구월이 떠난 뒤엔
시월도 동짓달도
연이어 지나가지 않으랴?
아직도 갈무리 못 한 삶이
거미줄같이 얽혀 있는데
세월이 그리 빨리 가면은
나는 어찌하란 말인가?

제삿날

누가 가시는
길을 가로막아서,
눈물 같은 비가
종일을 내리는가?

누가 걸으시는
옷자락을 거머쥐어서
한숨 같은 물안개가
종일을 가리는가?

구름 나르듯 오시어
바람 떠나듯 가신 분
담담을 기리는 자리를
가득히 모여든 저들은

오직 이름만 들을 뿐
단출하신 자취는
관심 두지도 않네!

얼굴 도장만 찍을 뿐
맑으신 정신 줄은
거머쥐려 아니하네!

매임 없이 오시어
흔적 없이 가신 걸음
이으려는 자 하나 없네!

다듬는 삶

즐거울 때에도
괴로울 때에도
관세음을 염송하며
마음을 다듬어야 합니다.

말을 곱게 해야 합니다.
몸을 낮추어야 합니다.
삶을 가꾸어야 합니다.

외로울 때에도
서글플 때에도
나무관세음보살 합장하며
마음을 다스려야 합니다.

말을 어여삐 해야 합니다.
몸을 공손히 해야 합니다.
삶을 정갈히 해야 합니다.

생을 살아가는
한 걸음 한 걸음이
마지막 걸음일 수 있다는
간절한 심정으로

오늘을 살아야 합니다.
몸과 입과 마음을
항상 돌아보아야 합니다.

보광암

하늘 푸르러
구름 드높이 흐르네.
가을 깊어
물소리 고요하네.
가지 사이로
산봉우리 높고 높네.
이슬에 젖은
고요한 바람
추녀 끝을 노니네.
산은 깊어
발길 끊긴 초암
앞산 바래어
묵묵히 앉아
새벽 맞으니
일천 번뇌 무르녹는
천년의 적요.
일만 상념 뛰어넘는
아득한 적멸.

내 안에 있다

고통이 있는 곳에도
기쁨은 있다네요.
슬픔이 있는 곳에도
기쁨은 있다네요.
비웃음이 있는 곳에도
화해와 용서가 있답니다.
질투가 있는 곳에도
화목이 있을 수 있답니다.

배고픈 중에도
웃음은 만들어지고
전쟁 속에서도
배려는 있다네요.

행복과 불행이
내게서 만들어졌듯이
기쁨과 슬픔도
내가 만들었겠지요.

둘은 그래서
둘이면서 하나랍니다.

행복도 불행도
누가 주는 것이 아니라서
어디서 찾을 수도 없겠지요.
내가 늘 지니고 다니는
가슴 속 진실이기에
내 안에서 찾아야겠지요.

낡은 몸

한 줄 글을 쓰려고
하루 온종일을 허비한다.
떠오르는 시상이 성글고
엮어나갈 솜씨가 어줍다.
선명한 소재를 두고도
하얀 절벽에 부딪친다.
날카롭던 젊은 감성은
어딘가로 사라져 갔다.
맑게 번쩍이던 영감도
어딘가로 떠나고 없다.
덕지덕지 스산한 글로
지면을 채워야 하는
낡은 영혼만 남은 몸
남은 세월이 얼마일지
아무도 알지 못하는데
행여 남은 날이 길면
어이할꼬?

이 허둥대는 모습을

어이할꼬?

그 힘에 겨운 날들을

어찌 견딜꼬?

무우청(시래기)

무우 시래기 한 두름
시골집 농가의
추녀 끝에 매달려 있다.
푸성귀 한잎 못 만나는
매마르고 삭막한
겨울을 나기 위한 준비다.
가난이 극심한 집에선
예전에 쌀알 몇 개 띄워
죽을 쑤어 식량으로 쓰기도 했다.
김치 못 담근 처지엔
더없이 고마운
반찬이 되기도 했다.
가난한 이들은
밭에 버려지는 무우청을
낱낱이 모아다가
추녀 끝에 겨우내 달아 놓고
때마다 잘라 썼다.

서너 토막 무우를 넣은
시래기 조림은
스리랑카 사람들도 반하는
세상 제일의 맛이다.
피를 맑혀주는
청혈 성분이 있기도 하고
비타민이 듬뿍 든
영양분 많은 무우청은
한겨울 두 번째 양식이다.
올 겨울에는
어머니 손맛이 생각나는
시래기 조림을
맛나게 맛볼 수 있을까?

아이들의 땅

가을이 가기도 전에
겨울이 다가왔네요.
단풍이 들기도 전에
잎새가 떨어지고 있네요.

구절초 가엾은 꽃이
잎을 다 피우지도 못하고
속절없이 시들어지네요.

사람들 탐욕으로 인해
기후가 균형을 잃어
가을이 자꾸 짧아지고
봄이 점점 줄어들어
겨울에서 여름이 되고
여름에서 겨울이 되네요.

지금 이 세상을
우리가 쓰다가
우리 아이들에게 물려주어야 하는데
살기 힘든 곳이 되게 해선 안 됩니다.

지금 우리가 사는 이 땅은
우리의 땅이지만
선조들이 지키신 땅이며
후손들의 땅이기도 합니다.

지금 우리가
한 장 휴지도 아껴 쓰고
페트병 하나도 덜 버리며
알뜰히 이 땅을 보살펴야
아이들이 고통받지 않는
살기 좋은 땅을 물려줄 수 있습니다.

나의 복밭

중생 없는 곳에
무슨 부처가 필요하랴?
고통 없는 곳에
어찌 극락이 필요하랴?
나를 마주한
지금의 그를 두고
다른 어디서 보리를 이루랴?

보살은 중생에게서
부처를 얻을 수 있나니
중생은 수행자의
깨달음 밭임을 명심해야 하리.
오늘 만나는 그에게
정성을 다하지 않고
다시 어디서 보리를 이루랴?

오늘 내 앞의 그는
나를 복되게 하는 복전이다.
지금 눈앞의 그는
나를 덕으로 이끄는 공덕원이다.

꽃이여!

눈이 부시도록 하얀
그 꽃잎 비집어 솟은
극락조 노래같이 고운
황금 사슬의 꽃술이여!

이슬 사이로 퍼지는
영혼을 달구는 향기여!

문득 한밤을 밀치고
내 상념의 방으로
뜬금없이 들이닥친
아직은 아홉 달도 더 남은
아득히 먼 칠월의 주인이여!

냉혹한 동지섣달을
뿌리 살찌워 견디고서
어머니 앞섶 같은 자태로
차진 가르마같이 피어나서

칠월을 더 뜨겁게 달굴
꽃이여!
꽃이여!

당신 품에

앞서거니 뒤서거니 가는
느리지도 빠르지도 않은 걸음
십만 팔천 리를 걸어서
서방정토까지 가고지고.

해를 따라서 종일을 가면
그분 계시는 곳에 이를까?
달을 따라 새도록 가면
반야 나루에 이를 수 있을까?

아미타바 다타아가토
한 걸음에 아미타바 한 번
열 걸음에 다타아가토 열 번
약속하신 수 채워 가나이다.

이젠 더 기다리지 마시고
단숨에 데려가 주소서!
풀잎같이 지쳐 시들기 전에

당신 품에 안기게 하소서!

낙엽

마당의 낙엽을
함부로 쓸지 마셔요.
달 밝은 밤
바람에 구르는
낙엽 소리는
해맑고 아름다워
홀로 있어도
친구와 같이 있는
정다움이 있답니다.

마당의 낙엽을
함부로 쓸지 마셔요.
잠이 오지 않는
상념 긴 밤엔
기나긴 이야기
도란도란 나누며
함께 지새울
결코 잊을 수 없는

오랜 벗이 된답니다.

마당의 낙엽을
함부로 쓸지 마셔요.
추운 겨울 아침
시린 손 비비며
마당 끝에 모아 둔
낙엽을 태우면
그 향기 진하디 진해서
따신 차를 마신 듯
피로를 잊게 한답니다.

오손도손

왼손의 손톱을
오른손이 깎아주듯
오른손의 손톱을
왼손이 깎아주듯

당신이 못하시는 일
내가 대신 해 드리고
내가 못하는 일
당신께서 해 주시며
서로를 보살피며
서로를 이해하며
모자라면 모자란 대로
남으면 남는 대로
오손도손 살아가십시다요.

모자란 점만 보면
자꾸 보기 싫어집니다.
좋은 점만 보면
자꾸 좋아질 것입니다.

우리의 남은 날이
하루일지
한 달일지
일 년일지
아무도 알지 못하거니
마지막 순간에
후회되지 않도록
살뜰하게 다독이며 삽시다요.

설담원 이야기, 한 수의 시 제 4권

님께서 오신 날

글, 사진 설담 운성

초판발행일 2023년 3월

펴낸곳 도서출판 도반
펴낸이 김광호
편집 김광호, 이상미, 최명숙
디자인 추추비니디자인스튜디오
대표전화 031-983-1285, 010-8738-8925
이메일 dobanbooks@naver.com
홈페이지 http://dobanbooks.co.kr
주소 경기도 김포시 고촌읍 신곡리 1168
(신곡로 3번길 43-24)